_____ 님께

희망찬
새해 새아침이 밝아옵니다.
새해에는
웃을 일이 많았으면 좋겠습니다.
즐겁고 행복한 시간들로 가득했으면 좋겠습니다.

새해 복 많이 받으세요!

_____드림

3
6
5

힐링 스토리

관점을 바꾸면 희망이 보인다

—어느 병원에서 일어난 이야기

한 환자가 병실의 창가 쪽 침대에 누워 있었습니다.

그러던 어느 날 그 병실에 새로운 환자가 들어왔습니다.

그 환자는 목도 제대로 움직이지 못해 누워서

천장만 바라봐야 하는 환자였습니다.

시간이 지나면서 두 환자는 서로 친해졌고,

창가의 환자는 창문 밖을 바라보며

창밖 풍경에 대한 이야기를 들려주기 시작했습니다.

"오늘은 날씨가 좋아요.

파란 하늘에는 구름이 두둥실 떠 있어요.

맞은편에 있는 공원에는 벚꽃이 피기 시작했어요."

또 다른 날에는,

"오늘은 강한 바람 때문에 나뭇잎들이

마치 춤을 추고 있는 듯 흔들리고 있어요."

이처럼 몸을 움직이지 못하고 누워만 있는 환자에게 바깥 세상 이야기를 들려주었습니다.

그는 창가의 남자가 말해주는 그 광경을 상상하는 것만으로도 매일 큰 위안을 얻을 수 있었습니다.

그리고 자신도 창문 밖 풍경을 직접 볼 수 있도록 빨리 병을 이겨내겠다고 생각했습니다.

얼마 후 창가의 남자가 퇴원하게 되었습니다.

남아 있던 환자는 기뻤습니다.

'다행이다. 이제 내가 바깥세상을 볼 수 있겠구나. 이제부터는 내가 바깥세상을 보고 새로 들어오는 환자에게 이야기를 들려주어야지.'

그는 간호사에게 창가로 자리를 옮겨 달라고 부탁하였고 간호사는 곧 침대를 옮겨주었습니다.

그런데 들뜬 마음으로 창밖을 바라보던 남자는 깜짝 놀랐습니다. 병실 창문이 맞은 편 건물의 콘크리트 벽에 가로막혀 있었던 것입니다.

창문 너머엔 콘크리트 벽 외에 아무것도 보이지 않았습니다.

그는 생각했습니다.

'창가에 있던 남자는 도대체 무엇을 보고 있었던 것일까.'

창가에 있던 남자의 눈에도 분명 잿빛 콘크리트 벽밖에 보이지 않았습니다. 하지만 그는 상상의 힘으로 그 너머에 있는 것을 보려고 했던 것입니다. 늘 천장만 쳐다보며 힘들어하던 룸메이트를 위해 자신의 상상으로 그려낸 벽 너머의 세계를 들려준 것입니다.

* * *

같은 벽을 보고도 어떤 사람은 그 벽만을 봅니다.

하지만 어떤 사람은 그 너머에 있는 「희망」을 봅니다.

이렇듯 같은 상황이라도 보는 관점에 따라 보이는 것이 달라집니다.

힘들고 곤란한 상황에 처해지면 누구나 세상의 어두운 면만 보게 되는 경우가 많습니다.

하지만 조금 더 긍정적이고, 조금만 더 적극적인 관점을 가진다면 우리들은 분명 밝은 모습을 볼 수 있을 것입니다.

그렇게 보게 된 밝은 모습과 희망을
주위 사람들에게 들려준다면
우울하고 실의에 빠져 있는 사람들에게
큰 용기를 줄 수도 있을 것입니다.

"태양은 언제나 구름 위에서 빛나고 있다."

벽 너머에도 구름 위에도 태양은 빛나고 있습니다.
어두운 밤의 끝에는 밝은 아침이 기다리고 있습니다.
희망은 언제나 당신 곁에 있습니다.

위기는 찬스다
—떨어진 사과와 떨어지지 않은 사과 이야기

어느 해,

태풍으로 아오모리현의 사과 90%가 떨어져버렸습니다.

대부분의 농민들은 떨어진 사과를 보고 탄식하며 슬퍼했습니다. 하지만 그 와중에도 슬퍼하지 않는 한 사람이 있었습니다.

다른 사람들이 떨어진 사과를 보며 탄식만 하고 있을 때, 그 사람은 떨어지지 않은 사과에 눈을 돌렸습니다.

그리고 「떨어지지 않는 사과」라는 이름을 붙여 1개당 10,000원이나 되는 높은 가격으로 팔기 시작했습니다.

"태풍이 불어 닥쳐도 절대로 떨어지지 않았던 행운의 사과입니다."

그 결과는 놀라웠습니다.

일반 사과의 10배에 달하는 값비싼 사과였지만 수험생과

그 부모들에게 날개 돋친 듯 팔렸던 것입니다.

미국에서도 이와 비슷한 이야기가 있습니다.

어느 해, 사과 농가가 밀집해 있는 미네소타 주에 우박이 떨어졌습니다. 탁구공만한 크기의 우박은 농작물에 큰 피해를 안겨주었습니다.

직격탄을 맞은 사과는 땅에 떨어져 표면에 검은 상처가 나서 더 이상 상품으로 팔 수 없게 되었습니다. 역시 대부분의 농민들은 떨어진 사과를 보고 탄식하며 슬퍼했습니다.

하지만 그 중에 슬퍼하지 않는 한 사람이 있었습니다.

그 사람은 손으로 직접 다음과 같은 말을 써서 간판을 세웠습니다.

"자연의 은혜를 받은 사과입니다! 이 사과는 수십 년만의 우박을 맞은 귀한 사과입니다. 덕분에 단맛이 증가했습니다. 우박을 맞은 증거는 표면의 검은 반점입니다."

그 결과 겉보기에는 안 좋은 사과였지만 날개 돋친 듯 팔렸습니다.

* * *

두 이야기는 모두 같은 메시지를 전하고 있습니다.

마이너스의 상황에 직면했어도 슬퍼하기만 한다고 해서 일이 해결되지는 않습니다.

작은 발상의 전환으로 결과를 플러스로 바꿀 수 있습니다.

주어진 상황은 똑같지만 사물을 보는 관점이나 사고방식을 바꾸는 것만으로 위기를 새로운 기회로 만들 수 있는 것입니다.

꿈은 이루어진다

—월트 디즈니 이야기

지극히 평범했던 청년시절의 디즈니는 만화를 좋아하는 가난한 애니메이터였습니다.

아파트를 빌릴 돈도 없어서 근무하고 있던 영화 스튜디오의 쥐가 돌아다니는 창고에서 자야 할 정도로 가난한 생활을 보내고 있었습니다. 그런 어려운 생활 속에서도 그는 친구들과 함께 하나의 애니메이션 작품을 완성했습니다.

완성된 〈행운의 토끼 오스왈드〉라는 작품은 큰 히트를 쳤습니다.

하지만 작품이 좋은 반응을 얻었는데도 불구하고 그는 뼈아픈 실패를 맛보아야 했습니다. 〈행운의 토끼 오스왈드〉

의 저작권을 등록해놓지 않아서 영화배급사에게 저작권을 빼앗기고 만 것입니다.

그는 돈 한 푼도 받지 못했고, 설상가상으로 친구였던 스태프들마저 모두 그 배급회사에 스카우트되어 디즈니의 곁을 떠나고 말았습니다.

수입도 없고 친구들에게도 배신당한 그는 울면서 고향으로 돌아갔습니다.

돈도 없고 친구도 떠나고 회사도 미래도 모두 잃은 그였지만 딱 하나, 꿈만은 버리지 않았습니다.

그는 고통스런 생활 속에서도 집의 차고에 틀어박혀 자신의 친구가 되어준 쥐를 이미지로 한 새로운 작품을 만들었습니다. 그 쥐의 이름이 바로 〈미키 마우스〉입니다.

모험심이 왕성하고 실패해도 밝게 다시 일어서는 미키 마우스는 순식간에 사람들의 마음을 사로잡으며 미국에서 큰 인기를 얻었습니다.

디즈니는 이것을 계기로 점차 자신의 꿈을 실현시켜 나갔습니다. 아이들의 꿈동산인 디즈니랜드도 그 꿈 중 하나였습니다.

디즈니가 그때의 뼈아픈 좌절 속에서 꿈을 포기했었다면 디즈니랜드도 탄생할 수 없었을 것입니다.

"꿈을 꿀 수 있다면 당신은 그것을 실현시킬 수 있다.

언제나 잊지 않기를 바란다.

모든 것이 한 마리의 쥐에서 시작되었다는 것을……"

* * *

힘든 때에도 꿈을 포기하지 않았던 디즈니는 우리들에게 꿈을 포기하지 않고 계속 좇아가야 한다는 것을 가르쳐주었습니다.

조그만 생쥐 미키 마우스가 디즈니의 출발점이었던 것처럼 우리들의 꿈도 작은 것에서 실현해 나가는 것이라 생각합니다.

포기하기에는 아직 이르다

— 커넬 샌더스 이야기

KFC의 창립자인 커넬 샌더스의 이야기입니다.

꿈을 실현시키기 위해 행동에 돌입한 당시 그의 나이 65세
였습니다.

그때까지 그는 실의와 빈곤 속에 살고 있었습니다. 새로
운 고속도로 건설로 자동차의 흐름이 바뀌면서 그가 경영
해 온 조그만 주유소 겸 레스토랑도 가게 문을 닫게 되었
습니다.

부채를 지불한 후 샌더스의 수중에는 땡전 한 푼 없었습니다.

들어놨던 회사보험 수령금액은 겨우 150달러. 이 돈으로
는 생활조차 할 수 없었습니다.

하지만 힘든 상황에서도 그는 이렇게 생각했습니다.
'나는 세상 사람들을 위해서 무엇을 할 수 있을까. 어떻게 하면 보답할 수 있을까.'
아직까지는 일할 의욕이 있었던 것입니다.

샌더스는 자신이 가지고 있는 것 중에서 '세상 사람들에게 도움이 될 만한 것이 없을까' 하고 생각했습니다. 그러다가 문득 자신의 가게에서 반응이 좋았던 치킨 레시피를 여러 레스토랑에 팔아보는 것이 좋겠다는 생각이 떠올랐습니다.

그는 바로 실행에 옮겼습니다.
마을에 있는 여러 레스토랑을 돌아다니며 자신의 아이디어를 설명하기 시작했습니다.
"정말로 훌륭한 치킨 레시피가 있습니다. 이것을 사용하면 분명 매상이 확 오를 것입니다. 매상이 오르면 그 수익의 몇 %만 저에게 주시면 됩니다."
하지만 대부분의 레스토랑 주인들은 콧방귀를 뀌며 무시

했습니다.

"알았으니까 거기 놔두고 가세요."

그러나 그는 포기하지 않았습니다.

날마다 낡고 오래된 자동차를 끌고 미국 전역을 돌아다녔습니다. 주름투성이가 된 흰 양복차림으로 밤이 되면 자동차 뒷좌석에서 잠을 자고 아침이 되면 눈을 떠서 또다시 누군가에게 자신의 아이디어를 팔러 다녔습니다.

다음 날도, 그 다음 날도…….

원하는 대답을 얻기까지 그가 도전한 횟수는 어느 정도였을까요?

3회, 4회, 5회?

그는 원하는 대답을 들을 때까지 포기하지 않고 도전을 계속해나갔습니다. 2년간 무려 1,000회 이상 거절을 당하고서야 그는 마침내 꿈을 이룰 수 있었습니다.

그가 만약 도중에 포기했다면 세계적인 패스트푸드 가게인 「KFC(켄터키 후라이드 치킨)」는 세상에 나오지도 못했을 것입니다.

＊＊＊

나이에 관계없이 꿈을 가지고 있다는 것은 멋진 일입니다.

꿈에 도전하는 것은 아무리 나이가 많아도 늦지 않습니다.

샌더스처럼 처음에는 마음먹은 대로 잘 되지 않을지도 모릅니다.

하지만 포기하지 말고 노력해보세요.

분명 즐거울 것입니다.

당신의 마음에 떠오른 꿈은 당신이 행동으로 옮길 때 비로소 실현시킬 수 있습니다.

무슨 일이 있어도 희망을 버리지 마라

−빅터 프랭클 이야기

《죽음의 수용소에서》의 저자로 잘 알려진 빅터 프랭클의
이야기입니다.

1905년 비엔나에서 태어난 빅터 프랭클은 정신과 의사이
자 심리학자였습니다. 그는 유태인이라는 이유로 제2차
세계대전 때 나치에게 붙잡혀 유태인 강제수용소로 끌려
갔습니다.

부모와 부인, 자식 모두가 죽임을 당하고 갖고 있는 재산
또한 모두 빼앗겨 무일푼이 되었을 때, 마음속으로 그는
이렇게 중얼거렸습니다.

'모든 것을 빼앗아갔지만 내 마음의 자유만은 뺏을 수 없어.'

프랭클은 수용소에서 비인간적인 대우를 받으면서도 언제나 자긍심을 잃지 않고 주위 사람들에게 따뜻하게 말을 건넸습니다.

사람들이 차례차례 죽어나가는 상황 속에서도 그는 몇몇 사람들과 함께 끝까지 살아남았습니다.

강제수용소라는 죽음과 맞닿아 있는 곳에서 프랭클과 그들에게 살아갈 힘이 된 것은 무엇이었을까요?

그것은 바로 '살아서 여기를 나갈 날이 반드시 올 것이다.' 라는 희망이었습니다.

강제수용소에 끌려와 절망하며 자살을 결심한 어느 죄수에게 프랭클은 이렇게 말했습니다.

"당신을 필요로 하는 무언가가 어딘가에 분명히 있고, 당신을 필요로 하는 누군가도 어딘가에 반드시 있습니다. 그리고 그 '무언가' 와 '누군가' 는 당신이 발견해주기를 간절히 기다리고 있을 것입니다."

희망은 스스로 찾아내는 것입니다.

아무리 비참한 상황 속에서도 희망을 발견하는 사람은 살아남기 위해 열심히 노력합니다.

그 후, 수용소에서 살아남은 프랭클은 그 때의 경험을 책으로 썼습니다. 그 책이 바로 세계의 많은 사람들에게 깊은 감명을 준 《죽음의 수용소에서》입니다.

***

아무리 힘든 시간이라도 희망을 버리지 않으면 길이 열립니다.

"어떤 상황에서도 인생에 YES라고 말하는 것, 즉 아무리 힘든 상황에서도 삶에는 의미가 있습니다. 아무리 절망적인 상황이라도 삶에 대해 YES라고 말할 것입니다."

어떤 인생이라도 그 속에서 희망을 발견하고 그 희망과 함께 살아갈 수 있습니다.

희망을 버리지 않으면 반드시 우리들의 인생에서 멋진 의미를 발견할 수 있을 것입니다.

습관을 바꾸면 성공한다
-《세상에서 가장 위대한 상인》이야기

궁전에 솟아 있는 돔의 제일 꼭대기에는 아라비안의 대부인 하피드의 보물이 있었습니다. 그곳은 30년이 넘는 시간 동안 밤낮으로 두 명의 위병이 경비를 서고 있었고, 하피드 외에는 그 누구도 들어갈 수 없었습니다.

"그 방에 다이아몬드나 금괴가 산더미처럼 쌓여 있는 것이 아닐까?"
"아니야. 세상에서 가장 진귀한 짐승이나 희귀한 새들이 가득할 거야."
"외국의 아름다운 여성들이 하피드 곁에서 시중을 들고 있는지도 모르지……."

사람들 사이에 확인되지 않은 여러 가지 소문들만 무성했습니다.

과연 그 진실은 무엇이었을까요?

실은 그 방에는 오래된 나무상자 하나만 덩그러니 놓여 있었습니다. 오래된 나무상자 안에는 낡은 두루마리가 담겨 있었습니다.

그 두루마리는 하피드에게는 궁전에 산더미처럼 쌓여 있는 수많은 보물과는 비교할 수 없을 정도로 귀중한 것이었습니다.

그 두루마리는 예전에 자신의 스승에게 받은 것으로 하피드를 성공으로 이끌어준 지식과 지혜의 원천이었기 때문입니다.

그리고 여생이 얼마 남지 않은 하피드는 그 두루마리의 계시를 전해줄 현자(賢者)를 찾아 두루마리를 주려고 생각하고 있었습니다.

미국 작가 오그 만디노의 작품 《세상에서 가장 위대한 상인 》은 전미에서 300만 권이나 팔린 베스트셀러가 되어 비즈니스맨뿐만 아니라 일반인들에게까지 널리 사랑 받은 책입니다. 물론 '낡은 두루마리' 가 실제로 존재하는 것은 아니지만 거기에는 성공과 행복의 문을 열어주는 지식과 지혜의 의미가 숨겨져 있습니다.

책 속의 그 낡은 두루마리의 제일 첫 장에는 다음과 같은 말이 나와 있습니다.

"실패한 사람과 성공한 사람 사이에는 단 한 가지의 차이가 있을 뿐이다. 습관의 차이가 그것이다."

이것은 오그 만디노의 모든 자기계발서의 일관된 주제이기도 합니다.

그렇습니다. 성공하기 위해 가장 중요한 것은 습관입니다. 좋은 습관을 가지고 있는 사람은 일을 잘 처리하고 인간관계도 좋으며 자신의 꿈을 이룰 수 있습니다. 인생의 성공자가 되는 것입니다.

그러면 성공을 하기 위해서는 어떤 습관이 필요할까요?

여러 가지가 있겠지만 오늘부터 당장 실천할 수 있는 효과적인 습관 한 가지만 소개하겠습니다.

그것은 좋은 말버릇을 가지는 것입니다.

좋은 말이란 스스로와 주변 사람들을 행복하게 하는 말이라고 저는 생각합니다.

그런 말에 익숙해지고 자주 사용하다보면 자신의 행동이나 인간관계가 점점 바뀌어갈 것입니다.

예를 들면 '좋아!' 라는 긍정적인 말이 있습니다. 이 말을 자주 사용하다보면 긍정적인 마음과 더불어 하고자 하는 의욕이 솟아나게 될 것입니다.

그리고 또 하나는 '고맙습니다' 라는 감사의 말입니다.

자신과 주위 사람들을 행복하게 하는 좋은 말이 익숙해지도록 자주 사용하세요.

성공과 행복이 찾아 올 것입니다.

실패를 두려워말고 도전하라

─혼다 소이치로 이야기

세계적인 자동차 브랜드 '혼다'의 창업자인 혼다 소이치
로의 이야기입니다.

혼다 소이치로는 어린 시절 글을 읽고 쓰는 것을 싫어했
고, 공부를 못하는 열등생이었습니다. 하지만 기계 만지는
것을 너무나 좋아했습니다.

그래서 혼다는 고등소학교를 졸업한 후 마을의 수리공장
에 견습 직원으로 일하게 되었습니다.

그렇지만 바로 자동차 수리를 할 수 있었던 것은 아닙니다.
혼다의 손에 주어진 것은 스패너가 아닌 걸레 한 장이었습
니다.

아침부터 밤까지 공장 청소와 갓난아기 돌보는 것이 혼다의 일이었습니다. 그 생활이 1년 반 동안이나 계속되었습니다. 이런 힘든 상황에 지쳐 몇 번이고 도망치려고 생각했었다고 합니다.

하지만 그 고된 생활이 있었기 때문에 훗날 건조한 사막이 물을 빨아들이듯이 자동차의 지식과 기술을 잘 흡수할 수 있었다고 그는 말합니다.

시간이 흐르고, 혼다는 더 좋은 엔진을 만들고 싶다는 생각에 28세 때 정기제인 공업고등학교에 입학하여 기계공학의 기초를 다졌습니다.

좋아하는 것은 납득할 수 있을 때까지 필사적으로 몰두했던 그는, 얼마 후 '세계에 널리 알릴 수 있는 자동차를 만들고 싶다'는 꿈을 가지게 되었습니다.

그런 그에게 주변 사람들은 어이없어하며 웃어댔지만 혼다는 진심이었습니다.

그는 직원들에게도 이렇게 말했습니다.

"도전하여 실패하는 것을 두려워하는 것보다 아무것도 안하는 것을 두려워해라."

작은 마을의 이름 없는 공장에서 일하던 청년, 이렇다 할 학력도 없던 젊은 남자의 열의와 노력은 마침내 훌륭한 꽃을 피웠습니다. 혼다가 만든 자동차가 세계를 누비게 된 것입니다.

*　*　*

저는 혼다 소이치로의 이 말을 좋아합니다.

"세상 사람들은 나를 성공한 사람이라고 하는데 당치도 않은 말이다. 내가 한 일의 99%는 실패였다. 성공한 것은 겨우 1%에 지나지 않는다."

많은 사람들이 생각하는 혼다는 항상 불가능해 보이는 일에 도전하는 사람이었습니다.
그래서 실패도 많았습니다.

하지만 도전하지 않으면 성공도 없습니다.

실패하더라도 그 실패를 통해 배운다면 실패는 성공을 위한 재산이 됩니다.

성공은 실패를 두려워하지 않는 도전정신과 실패에서 배운 현명함에서 생기는 것입니다.

오늘, 지금을 열심히 살자

―데일 카네기 이야기

《길은 열린다(카네기 행복론)》, 《사람을 움직이다(카네기 인간관계론)》의 저자인 데일 카네기는 주변에서 흔히 볼 수 있는 평범한 샐러리맨에서 독보적인 길을 걸어 성공한 사회 교육가입니다.

카네기는 미국 미주리 주의 가난한 농가에서 태어나 자랐습니다.
부모님은 하루에 16시간이나 힘들게 일했지만 늘 빚에 쫓겨 다녔습니다. 밭은 저당 잡혀있어 아무리 일해도 이자를 갚는 것조차 힘든 생활이었습니다.
그래서 카네기는 새로운 활로를 찾기 위해 뉴욕으로 일하러 떠났습니다. 그러나 뉴욕에서도 카네기는 너무나 불운한 삶을 보내고 있었습니다.

평소 좋아하지도 않는 트럭 판매 일은 잘 되지 않았고, 매일 밤 실망과 고민, 고통, 편두통을 안고 지친 몸을 이끌고 고독한 방으로 돌아갔습니다.

값이 싸고 허름한 하숙집에는 바퀴벌레가 무리를 지어 살았습니다. 그는 바퀴벌레가 둥지를 튼 불결한 식당에서 음식을 먹어가면서 고민했습니다.

'이대로 내 인생은 끝나는 것일까?'

미래에 대한 아무런 희망도 보이지 않는 인생 때문에 괴로워했습니다.

이 비참한 상황에서 벗어나기 위해 그는 결단을 내리고 실행에 옮겼습니다.

제일 먼저 한 일은 싫어하는 트럭 판매 일을 그만두는 것이었습니다. 그리고 야간학교의 성인 클래스에서 스피치 방법을 가르치며 생활하는 것이었습니다.

그렇게 하면 낮에는 책을 읽을 수 있고 또한 책을 쓸 수도 있었습니다. 그것은 그가 오랜 시간 동안 갖고 있었던 바람이자 꿈이었습니다.

그는 어떻게든 야간학교에서의 강의 일을 찾아 그 수업을 위해 전력을 다해 준비를 하고 언제나 열의를 다해 가르쳤습니다.

수강생들은 카네기의 교실에서 자신의 문제를 해결하고 자신감을 얻어갔으며, 카네기도 회사에서 승진과 진급을 거듭하게 되었습니다.

그렇게 카네기는 강사로서의 지위도 점점 향상되어 갔습니다.

그는 학생들을 가르치면서 여러 저서를 연구하고 수강생들의 경험을 통해 배운 것들을 가지고 직접 수업 텍스트를 만들었습니다.

그것이 훗날 책으로 출판되어 세계적인 베스트셀러가 된 《사람을 움직이다(카네기 인간관계론)》입니다.

평범한 사람이었던 그가 성공할 수 있었던 것은 매일 부지런히 노력하고 연구를 계속했기 때문입니다.

그 성과로 그의 책은 세계적인 스테디셀러가 되었고 지금까지도 많은 사람들에게 영향을 주고 있습니다.

*＊＊

성공을 위해서는 시간을 잘 사용하는 것이 중요합니다.
카네기는 세계적인 베스트셀러 《길은 열린다》의 제1장에서 현재의 시간을 최대한 활용하기 위한 방법을 다음과 같이 말하고 있습니다.

"과거와 미래를 쇠로 된 자물쇠로 잠가라. 오늘이라는 테두리 안에서 열심히 살아가라."

돌아오지 않는 과거를 생각하며 끙끙거려봤자 소용없는 일입니다.
오지 않을지도 모르는 미래를 지나치게 걱정하며 우울해봤자 앞으로 나아갈 수 없습니다.
지금 자신이 할 수 있는 눈앞의 일을 열심히 하는 것!
오늘, 지금의 일을 전력을 다해 집중하는 것!

지금을 열심히 살아가는 것!

그러면 길은 열릴 것입니다.

감사의 말보다 좋은 약은 없다

—어느 시어머니와 며느리 이야기

옛날, 사이가 나쁜 며느리와 시어머니가 있었습니다.

시어머니는 잦은 병으로 언제나 심기가 불편했으며 사사

건건 며느리를 구박했습니다.

"우리 며느리는 요령도 없고 게을러서 말이지……."

며느리 귀에 들리도록 험담을 내뱉는 것은 물론이고 일가

친척들에게까지 소문을 내고 다녔습니다.

"어머니가 잘못하셨네."

남편은 아내 앞에서는 아내 편을 들다가도 병든 어머니 앞

에서는 아무 말도 못하는 사람이었습니다.

며느리는 시어머니의 구박을 받을 때마다 더 좋은 며느리

가 되어야겠다고 생각하고 더 많은 노력을 했습니다.

하지만 아무리 노력해도 계속하여 자신을 괴롭히는 시어머니에게 점차 증오감이 싹트기 시작했습니다. 나중에는 차라리 시어머니가 없어졌으면 좋겠다는 생각을 할 정도로 심각해졌습니다.

그러나 한편으로는 그런 못된 마음을 지니고 있는 자신이 미웠습니다. 그래서 며느리는 더욱 고통스러워했습니다.

그러던 어느 날, 평소 신뢰하는 승려에게 자신의 고민을 모두 털어놓게 되었습니다.

며느리의 고민을 듣고 난 승려는 이렇게 말했습니다.

"그렇군요. 그러면 당신의 소원을 들어드리지요. 간단한 일입니다. 이 약을 시어머니가 드시는 음식에 조금씩 섞어 넣으세요. 그러면 시어머니의 몸이 점점 약해져서 한 달 정도가 되면 사라져버릴 것입니다."

며느리는 놀랐습니다.

"……그 말은 한 달이 지나면 죽는단 말씀이세요?"

승려는 태연하게 말했습니다.

"사람은 누구나 죽음을 향해 가고 있습니다. 누구든지 늙어갑니다. 다만 그것을 조금 빨리 앞당기는 것뿐이지요."

"하지만……."

"단 이 약을 사용할 때에는 한 가지 조건이 있습니다. 이약을 넣은 식사는 음식 맛이 조금 떨어질 겁니다. 그러니시어머니가 기분 좋게 식사를 하실 수 있도록 식사를 드릴때마다 어떤 것이라도 좋으니 감사의 말을 하세요."

"감사의 말이라뇨?"

며느리는 식사에 약을 섞는 것보다도 시어머니에게 감사의 말을 해야 한다는 것이 더 어렵게 느껴졌습니다.

집으로 돌아오자 시어머니는 언제나 그랬듯이 잔뜩 화가난 표정으로 며느리를 기다리고 있었습니다.

"여태 어디 가서 기름을 팔고 있었냐? 너는 항상 귀가 시간이 늦구나. 정말이지 굼뜨고 요령이 없어서, 아이고 답답해라."

시어머니는 온갖 욕설을 퍼부었습니다.

"죄송해요."

며느리는 머리를 조아리며 용서를 빌고 부엌으로 달려가 눈물을 흘리면서 식사 준비를 시작했습니다.

그리고 양심의 가책을 느끼면서도 승려에게 받은 약을 조금만 섞어 시어머니 앞에 내놓았습니다.

승려에게 들은 대로 무언가 감사의 말을 해야만 했습니다.

"어머님……?"

"흥, 이게 무엇이냐. 또 똑같은 반찬이냐? 너는 어째 요리가 늘지도 않고 항상 이 모양이냐."

"네. 고맙습니다."

"갑자기 뭔 소리를 하는 게냐?"

"고맙습니다."

"도대체 왜 그러느냐?"

"어머니 저는 정말로 요리를 못합니다. 그래서 어머님이 제 부족한 요리를 드셔주는 것만으로도 감사하게 생각합니다."

시어머니는 잠시 이상한 표정을 지었지만 이내 가만히 수

저를 들었습니다.

그리고 묵묵히 식사를 하고서는 젓가락을 놓기 전에 한 마디 하셨습니다.

"오늘 요리는 조금 먹을 만하구나."

며느리는 놀랐습니다.

여태껏 한 번도 칭찬한 적 없는 시어머니가 처음으로 칭찬을 해줬기 때문입니다.

하지만 칭찬을 한 번 받았다고 해서 지금까지 쌓이고 쌓였던 시어머니에 대한 미움이 눈 녹듯 쉽게 없어지지는 않았습니다.

며느리는 승려가 말한 대로 매일 조금씩 약을 섞어 요리를 하고 시어머니에게 음식을 올릴 때마다 반드시 감사의 말 한 마디도 잊지 않았습니다.

"어머니, 된장국 만드는 방법을 가르쳐주셔서 감사합니다."

"어머니, 청소하는 방법을 가르쳐주셔서 감사합니다."

"어머니, 재봉 기술을 가르쳐주셔서 감사합니다."

"제가 아직 완벽하게는 못하지만 어머니께 늘 감사해하고 있습니다."

"어머니께서 하시는 말씀들은 모두 저를 위해 하시는 말이라 생각합니다. 감사합니다. 어머니."

며느리는 처음엔 자신이 마음에도 없는 소리를 하는 것이라 생각했습니다. 하지만 신기하게도 매일 감사의 말을 할 때마다 자신의 마음이 점차 풀리는 것을 느꼈습니다.

그러는 사이 며느리에 대한 시어머니의 태도도 확실히 바뀌어갔습니다. 우선 며느리를 바라보는 시어머니 얼굴이 온화해졌습니다.

심지어는 다른 사람들에게 며느리를 칭찬하고 다니기도 했습니다. 자신의 아들에게는 "너는 참 좋은 아내를 뒀구나."하고, 이웃이나 친척들에게도 "우리 며느리는 정말 착하고 좋은 며느리라네." 하고 말입니다.

그런 모습을 보게 된 며느리는 시어머니에 대한 미움이 조금씩 누그러졌습니다. 그뿐만 아니라 잦은 병 때문에 서

있는 것도 걸어 다니는 것도 힘들어 했던 시어머니의 입장이 되어 생각해 보면서 지금껏 시어머니에 대한 애정이 부족했던 자신의 모습을 깨닫고 반성하게 되었습니다.

며느리는 후회가 밀려왔습니다. 시어머니를 건강하게 하는 것처럼 속여 독살하려고 한 자신의 행동이 너무도 무서웠고 죄스러웠습니다. 그것은 범죄나 다름없었으니까요.

더 이상 견딜 수 없게 된 며느리는 승려에게 달려갔습니다. 그리고 울면서 호소했습니다.

"스님, 진심으로 잘못했습니다. 제발 용서해주세요. 스님, 제발 제 어머님을 살려주세요. 부디 그 독을 풀어줄 약을 주세요. 부탁드립니다. 제발 부탁드립니다."

울면서 부탁하는 며느리에게 승려는 말했습니다.

"안심하세요. 그것은 그냥 해초를 가루로 만든 것입니다. 독이 아닙니다. 독을 푸는 약이라고 했나요? 기억해두세요. 마음의 독은 감사하는 것으로 사라진답니다. 아마도 당신의 마음속에 있던 독은 이미 완전히 없어졌을 것입니다."

***

감사의 마음은 인간관계를 좋게 하고, 더불어 마음을 정화시킵니다.

"고마워."

"고맙습니다."

감사의 말을 표현하는 것은 자신에게도 상대방에게도 좋은 일입니다.

상대방의 태도가 변하는 일이 실제로는 그렇게 간단한 것은 아닙니다.

그래도 괜찮습니다.

자신은 확실히 변하게 될 것입니다.

더욱 편안하고 행복한 마음을 되찾아 갈 것입니다.

다른 사람을 생각하면
내 걱정거리가 없어진다

─아그네스 첸 이야기

가수이자 에세이스트이며 교육학 박사인 아그네스 첸은 홍콩의 중산계급 가정에서 육남매 중 넷째로 태어났습니다.

그녀의 어린 시절은 의외로 학습을 잘 따라가지 못해 남들에 비해 학습 능력이 떨어졌으며 게다가 자신을 너무도 싫어했다고 합니다.

그 이유는 어린 시절부터 우수했던 언니들과 언제나 비교당했기 때문입니다.

첫째 언니는 모두가 인정하는 미소녀로 여배우가 되었고, 언제나 전교 1등을 놓치지 않는 둘째 언니는 의사가 된 데 반해 셋째 딸인 아그네스는 너무도 평범한 아이였습니다.

주변 사람들은 언제나 두 언니와 아그네스를 비교하였고

그로 인해 그녀는 언제나 열등감에 시달리며 공부고 뭐고 아무것도 하고 싶은 의욕이 없었습니다.

'나는 이 세상에서 제일 불행한 아이야.'

그녀는 늘 자신은 불행하다고 생각했습니다.

그런 아그네스의 삶에 변화를 가져다 준 것은 그녀가 미션 스쿨인 중학교에 입학하여 시작한 볼란티어 활동이었습니다.

부모님이 없는 아이, 다리가 불편하여 땅바닥을 기어 다니는 아이, 음식 쓰레기를 뒤지는 아이……

이런 아이들을 돌보는 사이 자신도 다른 사람에게 도움이 되고 있다는 것을 알게 되었습니다.

'작은 노력으로도 이렇게 기뻐해주는 사람이 있구나. 내가 어떻게 보여지는지는 이제 아무래도 상관없어.'

그녀가 가수로 데뷔할 수 있었던 것은 그 때의 볼란티어 활동 때 했던 콘서트에서 스카우트 된 것이 계기였습니다.

홍콩에서 인기를 얻은 그녀는 17세 때 일본에서 〈양귀비〉

라는 곡으로 화려하게 데뷔했습니다.

그로부터 30년이 넘도록 그녀는 노래를 통해 난민들을 격려하고 빈곤문제를 사회에 전하는 등의 볼란티어 활동을 기쁜 마음으로 행하고 있습니다.
현재 일본 유니세프 대사로서도 폭넓게 활약하고 있습니다.

* * *

그녀의 활동 에너지의 원동력은 역시 중학생 때 체험했던 볼란티어 활동에 있다고 합니다.
'세상에서 내가 제일 불행해.'
'내 자신이 싫어.'
이런 생각들로 가득 찼던 소녀가 사람들에게 도움이 되기 위해 노력하며 변화해갔습니다.
자신도 누군가를 기쁘게 해 줄 수 있고 다른 사람들을 행복하게 해 줄 수 있는 존재라는 것을 깨달은 것입니다.

보잘 것 없는 작은 일에도
큰 가치가 있다

─와타나베 카즈코 수녀 이야기

와타나베 카즈코는 일본에서 마더 테레사 다음으로 유명
한 수녀입니다.
와타나베 수녀가 젊은 시절, 미국에서 수녀로서 수행 받을
때의 일입니다.

와타나베 카즈코는 미국의 수도원에서 접시를 정리하는
일을 맡았습니다. 이제껏 외국계 기업에서 열심히 일을 해
왔던 사람에게 매일 접시를 정리하는 일은 너무도 단조로
웠습니다.

어느 날 그런 와타나베의 모습을 지켜보고 있던 수련원장

이 이렇게 말했습니다.

"와타나베 수녀님, 당신은 무엇을 생각하면서 이 일을 하나요?"

"딱히 생각하는 게 없습니다."

"수녀님은 시간을 헛되이 보내고 있군요."

수련원장은 와나타베 수녀를 나무랐습니다. 그리고 이렇게 말했습니다.

"한 장 한 장 접시를 정리할 때마다 그것을 사용하는 사람들의 행복을 위해 기도하면서 정리를 하는 것은 어떨까요?"

그 말에 와타나베는 크게 놀랐습니다.

지금까지 단 한 번도 그런 생각으로 접시를 정리한 적이 없었기 때문입니다.

그 후 와타나베는 수련원장이 권해 준 그 방법을 순순히 받아들여 실행해보기로 했습니다.

'이 접시를 사용하는 사람이 오늘도 건강하게 지낼 수 있

게 해 주소서.'

'이 사람에게 오늘도 좋은 일이 더 많이 일어나게 해 주소서.'

'이 사람의 병이 나을 수 있게 해 주소서.'

그러자 와타나베의 마음속에서 점점 큰 변화가 생겼습니다. 접시를 정리하는 보잘 것 없는 단순한 일이 사실은 매우 가치 있는 일이라는 것을 깨닫게 된 것입니다.

그리고 어느 순간 자신도 충실한 마음으로 일을 하고 있다는 것을 느꼈습니다.

와타나베 카즈코 수녀는 말합니다.

"이 세상에 '하찮은 일' 이라는 것은 없습니다. 우리들이 하찮다고 생각하기 때문에 그 일이 하찮은 일이 되는 것입니다."

* * *

일(仕事)이라는 글자는 사람에게 봉사하는 일이라는 의미를 가지고 있습니다.

어떤 일이든 그 일을 하찮게 여기지 않고 사람들의 행복을 바라는 마음을 담아 행하세요.

그러면 아무리 작고 보잘 것 없는 일이라도 큰 가치가 있는 일이 됩니다. 그런 사랑을 담은 일이 사람을 한층 더 행복하게 해줄 것입니다.

지금 가지고 있는 것에 감사하라

—「거지천사」이야기

스페인에 전해 내려오는 민담입니다.

매일 문을 여는 한 신발가게에 어느 날 거지의 모습을 한 천사가 나타났습니다.

가게 주인은 거지의 모습을 보자 넌덜머리를 내며 이렇게 말했습니다.

"네가 무엇을 하러 왔는지 알고 있어. 하지만 나는 아침부터 밤까지 이렇게 힘들게 일해도 가족을 부양할 돈을 마련하기도 힘든 몸이란다. 나는 아무것도 가진 게 없어. 내가 가지고 있는 것은 이 싸구려 몸뚱이뿐이야."

그리고는 속삭이듯 작게 말했습니다.

"너뿐만 아니라 모두가 똑같아. 나에게 무언가를 달라고만 했지 지금까지 나에게 무언가를 준 사람은 눈을 씻고 봐도 없었어."

거지는 그 말을 듣고 대답했습니다.
"그럼 내가 당신이 원하는 것을 주겠습니다. 돈 때문에 힘들어하고 있다면 돈을 주겠습니다. 얼마를 원하는지 말해 보세요."

가게 주인은 재미있는 농담이라고 생각하며 대답했습니다.
"그래? 그럼 나에게 1,000만 원을 줄 수 있겠니?
"알겠습니다. 그럼 1,000만 원을 주겠습니다. 단, 조건이 하나 있습니다. 1,000만 원 대신 당신의 발을 내게 주세요."
"뭐라고? 농담하지 마! 이 발이 없으면 서지도 걷지도 못해. 됐어. 그깟 1,000만 원에 내 다리를 팔 것 같아?"

거지는 그 말을 듣고 다시 말했습니다.
"알겠습니다. 그럼 1억을 주겠습니다. 단, 조건이 하나 있습니다. 1억 대신 당신의 팔을 제게 주세요."

"1억……! 이 오른 팔이 없으면 일도 못하고 귀여운 내 아

이들의 머리도 쓰다듬어 주지 못해. 이상한 소리 그만해. 1억에 이 팔 안 팔아!"

거지는 다시 말했습니다.
"알겠습니다. 그럼 10억을 드리겠습니다. 그 대신 당신의 눈을 주세요."
"10억……!? 이 눈이 없으면 이 세상의 멋진 풍경도, 아내와 자식들의 얼굴도 볼 수 없게 되는데. 절대로 안 돼. 10억에 내 눈 안 팔아!"

그러자 거지는 주인을 가만히 쳐다보고는 말했습니다.
"그래요. 당신은 방금 전 아무것도 가지고 있지 않다고 말했습니다만, 실은 돈으로는 바꿀 수 없는 가치 있는 것을 몇 개나 가지고 있군요. 게다가 그것들은 전부 그냥 받은 것이지요……."

거지의 말에 가게 주인은 아무런 대답도 못하고 잠시 눈을 감고 생각했습니다. 그리고 그 말에 깊이 수긍했습니다.

그러자 마음에 따뜻한 바람이 불어오는 듯한 느낌이 들었습니다.

그가 눈을 떴을 때, 거지의 모습은 어디에도 없었습니다.

* * *

우리들도 돈과 바꿀 수 없는 가치 있는 것을 많이 가지고 있습니다. 팔, 다리, 눈 등 우리들의 몸은 물론이고 생명, 마음, 지성 등 바꿀 수 없는 굉장한 것들을 가지고 있습니다.

자신이 가지고 있는 것을 깨닫고 그것에 감사하며 살아갈 때 마음이 훨씬 풍족해질 것입니다.

영원히 기억될 소중한 것

–절벽 위의 들국화 이야기

어느 초등학교에 양호교사 A선생님이 있었습니다.

그녀의 보건실에는 학교에만 오면 배가 아프거나 두통에

시달리는 학생들이 자주 드나들었습니다.

"수업내용을 모르겠어."

"재미없어."

그 아이들은 하나같이 같은 말을 했습니다.

그 중에서도 초등학교 4학년인 K는 A선생님에게는 가장

신경 쓰이는 학생이었습니다.

"저는 바보니까요……."

"저는 바보니까요……."

그것이 그의 입버릇이었습니다.

그때마다 A선생님은 K를 위로했습니다.

"너는 바보가 아니야. 못나지 않았어. 좋은 아이야."

하지만 K는 고개를 숙이고만 있었습니다.

A선생님은 아무리 노력해도 K의 마음을 열 수 없어 고민했습니다.

K는 밤늦게까지 일하는 바쁜 어머니와 둘이서 살고 있었고, 여러 학교를 옮겨 다니다가 1개월 전에 A선생님의 학교로 전학을 왔습니다.

비쩍 마른 몸에 매일 같은 옷을 입고 다니는 K에게 같은 반 아이들은 냄새가 난다며 피해 다녔습니다.

학업성적 또한 구구단도 잘 못 외우고 받아쓰기도 자주 틀릴 정도로 좋지 못했습니다.

분명 안 보이는 곳에서 친구들로부터 따돌림을 당하는 듯했지만 K는 확실히 그렇다고 말하지 않았습니다.

그러던 어느 날, K가 교실에서 폭발하는 사건이 일어나고 말았습니다.

같은 반 아이들이 자신의 엄마 욕을 하자 화를 참을 수 없었던 그는 의자를 들어 올려 휘둘러댔고, 그 바람에 몇 명의 아이들이 다치고 말았습니다. 부상이 크지는 않았지만 그 아이들의 부모님이 학교에 찾아와 소란을 피웠습니다. 학부모들은 교실에서 폭력을 휘두른 아이와 그 아이를 키운 부모를 절대로 용서할 수 없다며 크게 화를 냈습니다.

결국 K는 그 학교에 더 이상 다닐 수 없게 되었습니다.

전학 가는 날, K는 교실로 가지 않고 A선생님이 있는 보건실로 향했습니다. 손에는 신문지에 싸인 들국화가 들려 있었습니다. 신문지 사이로 흙이 붙어 있는 작은 뿌리가 삐져나와 있었습니다.

"학교 오는 길에 절벽 위에 피어 있었어요. 꽃이 너무 예뻐서 오래 전부터 선생님께 주고 싶었어요."

"나에게? 정말 고맙구나."

A선생님이 놀라서 멍하니 있는 모습을 보고 K는 오해했는지 고개를 숙인 채 말했습니다.

"어른이 되어서 부자가 되면 더 좋은 꽃을 사드릴게요."

"무슨 소릴 하는 거니? 너무도 예쁜 꽃인 걸. 선생님에게
는 이 꽃이 세상에서 제일 좋은 꽃이야."

K가 A선생님의 얼굴을 올려다봤습니다.

"선생님도 이 꽃이 마음에 들어요?"

"그럼, 마음에 들지. K가 준 이 꽃은 모두가 좋아할 거야."

K는 다시 고개를 숙이고 말았습니다.

바닥에 눈물이 뚝뚝 떨어졌습니다.

괴롭힘을 당하고 폭력을 당해도 사람들 앞에서는 절대로
울지 않았던 K가 처음으로 보인 눈물이었습니다.

"선생님 저는 못난 아이죠?"

"아니야. 너는 정말 장점이 많은 좋은 아이란다."

A선생님은 웅크리고 앉아 울고 있는 K의 볼을 양손으로
쓰다듬어주었습니다.

K의 눈동자는 눈부실 정도로 빛나고 있었습니다.

"선생님, 저 이제부턴 엄마를 걱정시키지 않을 거예요. 그
리고 열심히 공부해서 선생님 같은 간호사가 될 거예요."

"간호사? 그래, 넌 될 수 있을 거야. 반드시 넌 해낼 거야."
K의 마른 몸을 감싸 안으며 A선생님의 눈에서도 왈칵 뜨거운 눈물이 쏟아져 내렸습니다.

그날 이후 A선생님은 K를 만나지 못했습니다.
A선생님은 K가 준 들국화를 잘 말려서 오랫동안 보관했고 그의 소식이 궁금할 때마다 그 꽃을 꺼내어 들여다보곤 했습니다. 그리고 그때마다 K와 그의 엄마가 부디 건강하게 지내기를 조용히 두손 모아 기도했습니다.

***

우리 주변에도 따뜻한 말을 필요로 하는 사람이 분명 있을 것입니다.
그런 사람들을 위해 따뜻한 말을 걸어주는 사람,
그 사람이 바로 당신일지도 모릅니다.

"너는 못나지 않았어."
"너는 좋은 점을 많이 가지고 있어."

"네가 준 꽃은 모두가 좋아할 거야."

때로는 한 마디 말이 우리들의 마음에 소중한 것을 남깁니다.
때로는 한 마디 말이 우리들의 마음에 힘이 되고 양식이
됩니다.

365 힐링 스토리

지은이 | 나카이 토시미
펴낸이 | 우지형
기　획 | 곽동언

인　쇄 | 하정문화사
일러스트 | 송진욱
디자인 | Gem

펴낸곳 | 나무한그루
주소 | 서울시 마포구 동교동 165-8 엘지팰리스빌딩 727호
전화 | (02)333-9028　팩스 | (02)333-9038
E-mail | namuhanguru@empal.com
출판등록　제313-2004-000156호

ISBN 978-89-91824-41-6　03830
값 3,800원